Pour Zaza.

Merci à toute l'équipe Mijade et spécialement à Michel,
pour avoir cru en cette histoire !
    A.M.

© 2009 Editions Mijade
18, rue de l'Ouvrage
B-5000 Namur

Texte © 2009 Luc Foccroulle
Illustrations © 2009 Annick Masson

ISBN 978-2-87142-662-2
D/2009/3712/25

Imprimé en Belgique

Texte de Luc Foccroulle & Annick Masson

Le Secret du potager

Illustrations : Annick Masson

Mijade

Lili passe ses vacances chez son papy à la campagne
et elle n'est pas vraiment ravie.
Le trajet en voiture lui semble interminable…

À peine arrivée, elle file dans la chambre que papy lui a préparée.
«Quelle poisse! Y'a rien à faire ici.
Et dire que ma copine Louise se fait dorer les orteils sur une plage!»

Le paradis de papy, c'est son potager.
Papy prend soin de ses légumes, il pourrait passer sa vie à les regarder pousser.

« Lili ! Viens m'aider à arroser toutes ces belles choses,
et puis sors un peu, il fait si beau ! »

Lili descend et saisit un arrosoir.
« Les oignons, ça pique, et les navets, ça sent mauvais.
Je ne trouve pas ça drôle de s'en occuper ! » dit-elle.

Plus tard,
papy emmène Lili
dans la serre attenante
au potager.

«Regarde! Sais-tu que dans sa petite graine, monsieur Haricot a tout ce qu'il faut pour grandir?
Il ne lui manque qu'un peu d'eau, de terre et de soleil. Que dirais-tu de le planter?»

Papy lui tend un pot
et une pelle de terreau.
Lili s'exécute distraitement,
un peu dégoûtée par la terre
qui se glisse sous ses ongles.
«Tu le verras grandir
un peu plus chaque jour.
Tu vas voir, c'est magique!»

Ce soir-là, Lili s'endort en bougonnant.
Sa copine a décidément bien de la chance d'être à la plage!

Le lendemain matin, le coq du voisin réveille les oreilles endormies.
«Qu'est-ce que c'est que ce tintamarre?» se plaint Lili.

En traînant les pieds, Lili descend dans la cuisine où papy l'attend.

«Bonjour Lili, bien dormi?» dit-il joyeusement.
«Je t'ai préparé un chocolat chaud, mais là il est vraiment brûlant!
Si tu en profitais pour aller arroser ta petite graine?»

Pas contente, Lili sort de la maison.

« Bon ben, puisque je suis là,
autant l'arroser, cette petite graine ! »
Elle prend l'arrosoir d'une main, le pot de l'autre.

Mais le pot lui glisse entre les doigts, et patatras,
tombe sur le sol où il se casse en mille morceaux !

« Zut, catastrophe ! Que va dire papy ? » pense Lili.

« Ouin ! Ouin ! »

« Mais, mais… d'où viennent ces cris ? »

Lili se penche et n'en croit pas ses yeux. C'est la petite graine. Elle crie et se tortille.

« C'est normal qu'elle pleure…
elle a froid ! » dit la carotte.
« Plante-la ici, au soleil, vite ! »

Étonnée, Lili obéit
et plante la petite graine
entre les carottes et les navets.

« Pourrais-tu te pousser un peu, s'il te plaît ? »
dit la tomate à Lili.
« Tu me fais de l'ombre !
Encore quelques rayons de soleil
et je serai bien rouge.
J'attends papy, il va me cueillir aujourd'hui… »

Brusquement, la tomate s'interrompt.
Papy arrive, un grand panier à la main.

« Ah, je vois que tu as fait connaissance avec mes légumes ! » dit-il.
« Tu m'aides à choisir les plus beaux ?
Ce soir, nous allons mitonner un délicieux repas ! »

«Mais papy! Les légumes…ils sont vivants!»

Papy sourit, amusé:
«Bien entendu qu'ils sont vivants,
et c'est à nous de veiller à leur bien-être
et leur croissance!» dit-il
en cueillant tendrement
une grosse citrouille.

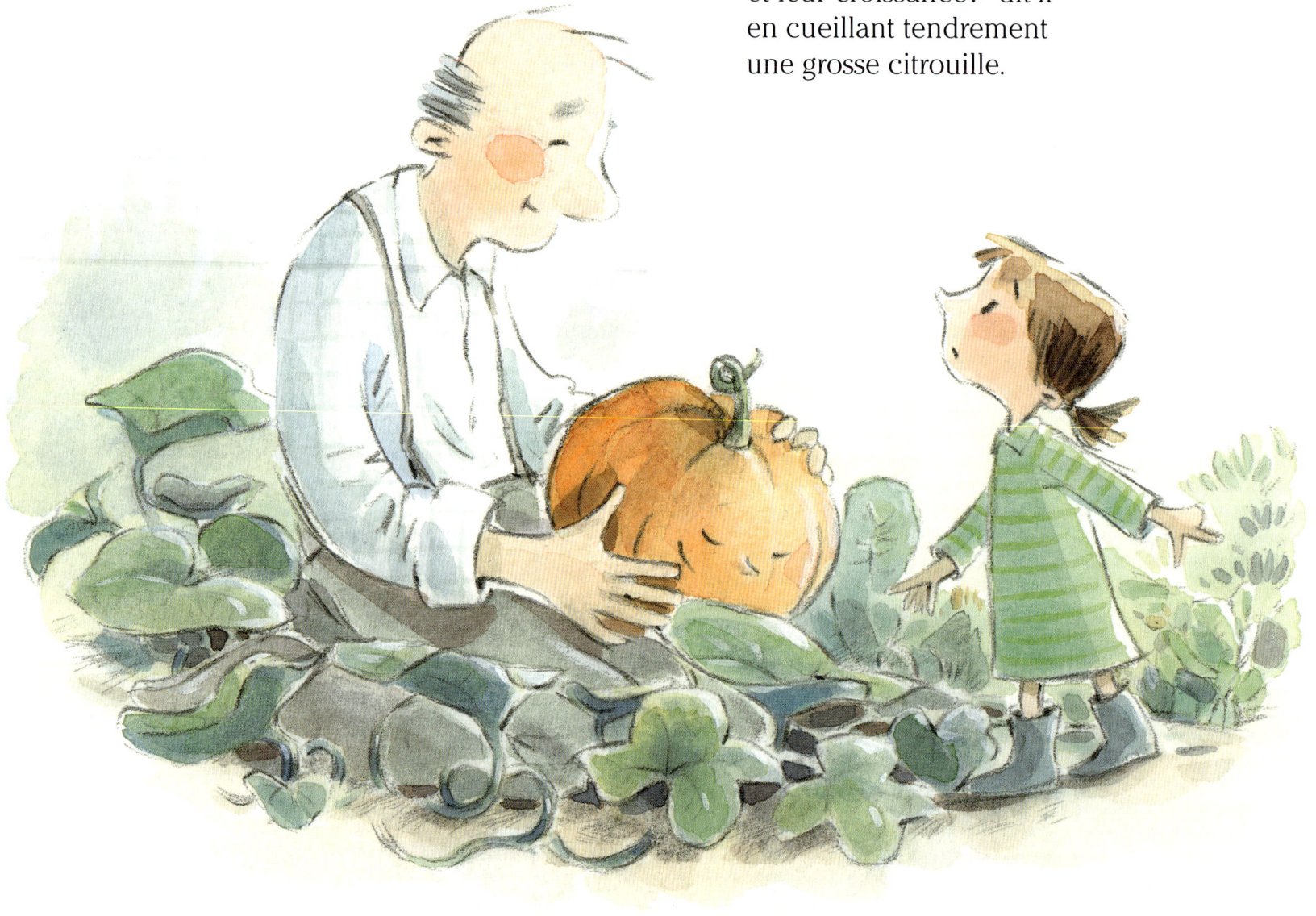

Puis il s'éloigne, et Lili se retrouve seule au milieu des légumes.

«Papy a encore choisi trois tomates aujourd'hui,
mais demain, ce sera mon tour!» s'exclame la laitue.
«Ah bon? Vous vous réjouissez donc tant qu'on vous mange?»
s'étonne Lili.

«Mais bien sûr!» répond le poireau.
«Tu sais, si personne ne choisit nos graines au magasin,
nous restons dans nos sachets, nous nous desséchons et on nous oublie.»

«Mais papy nous a achetés, bichonnés et grâce à lui,
nous nous retrouvons tous en pleine forme dans son jardin,
prêts à être cueillis!»

«Il m'a caressé, il m'a souri!
Demain, je pars avec lui, mes amis!»
s'exclame joyeusement
une jeune carotte.

«Hé là!», dit le poireau,
«ne te fais pas trop d'illusions,
t'es encore un peu verte sur les bords…
moi je crois qu'il va plutôt
choisir les radis…»

Lili se penche sur l'endroit
où elle a planté sa graine de haricot.

Une petite pousse sort de terre.
«Oh, dis donc, tu grandis déjà!» s'exclame Lili.

«Psst! Approche-toi!» lui chuchote-t-il.
«Promets-moi de bien t'occuper de moi,
je veux devenir le haricot le plus appétissant
de tout le potager!»

«Foi de Lili, c'est promis!»

Pour le dîner, papy a préparé un délicieux potage plein de vitamines.
Il en sert une grande assiette à Lili, qui se régale.
Dehors, la citrouille évidée se dandine et chantonne :

«Ce soir, je suis la plus belle de tout le potager, la la la!»

«Nom d'un cornichon au vinaigre, regardez-la, la grosse dondon!
Voyez comme elle se pavane!»

«Oui, elle fait la maligne, mais patience!…
Un jour, ce sera notre tour,
nous aussi nous serons choisis par papy!»

Le lendemain, au chant du coq,
Lili bondit hors de son lit
et s'habille en quatrième vitesse.

Elle dévale les escaliers, passe derrière papy
comme un éclair, et sort dans le jardin.

«Bonjour tout le monde!» crie-t-elle aux légumes.

«Alors, petit haricot, comment vas-tu aujourd'hui? As-tu soif?»

«Oui, très très soif!» répond le haricot.
«Mais je m'ennuie un peu depuis que les carottes sont parties.
Tu peux semer de nouveaux copains près de moi?»

Lili montre à son ami différents sachets de graines.

«Qui aimerais-tu avoir comme voisins?»
lui demande-t-elle.
«Des courgettes? Des radis? Du céleri?»

«Des radis, ça me va!»
répond le haricot.

Les jours passent et Lili se dit qu'elle a de la chance.
Finalement le potager, c'est encore mieux que la plage!

Le haricot a bien grandi et Lili est admirative.
«Regarde Lili, ça y est!
J'ai moi aussi de beaux haricots sur mes tiges!»

«Oui, tu es vraiment magnifique!» lui dit-elle.
«Et papy m'a dit qu'on pouvait commencer la cueillette aujourd'hui!»

Lili s'empresse de récolter toutes ces belles gousses
et s'en va vers la cuisine.

«Papy, regarde, MON haricot m'a donné tout ça!»

«Bravo Lili, c'est formidable, quelle récolte exceptionnelle!
On voit qu'il a été cultivé avec AMOUR!
Eh bien, pour tes haricots,
je vais faire ma meilleure recette!»

Lili savoure fièrement le bon petit plat préparé par papy.
Elle et son petit haricot ont bien travaillé.